詩抄

やさしく うたえない

ひおきとしこ

コールサック社

詩抄

やさしく　うたえない

目次

序詩

Ⅰ　しずけさ

Ⅱ　はないちもんめ

Ⅲ　心平の声

詩抄

やさしく　うたえない

ひおきとしこ

序詩

うみ（夭逝した少年に）

ひとつの
水の
ながさ
と
重さ
と
悶え

闇へ
駈けてゆく少年

名前を告げてください
ながい死人の列から

たいらかなうみの
ひとつの
いのちを記憶している

I　しずけさ

三月

雪の重みに耐えつづける
つめたさの
ケヤキは
冬をわたり
フォーマルハウト*の
浅い煌めきを
慈しみ

ガラスごしの部屋のぬくもりは
酔興でしょう

とおく待ちつづける
空の暗さの
広大無辺な
領土を
春の日は
はげしく繁る
木の葉で
分ちあい

その日まで
おさない
いきものよ
やすらかに
ねむりつづけてほしい

と

チラチラと
しろいものが
きょうも舗道を
うめはじめ

＊南半球の一つ星

透明な音

スリガラスに
まあるくうつる
うずみ火

すいせんの
はなびらひろがる
びょうきの部屋

こいびとたちの
やせた森に

いまはない
あつい　陽ざし
とけだす　雪の
透明な音

うすい春の日の
うみにかよう
ちいさい生きものたちの
湿った病床の

せつない願い

めざめる

こどもの　ゆめは
げんしょくの
はるの
もものはな
れんぎょう
しろいはこべら
かいどうの　ぼんぼり

ひろすぎる
わらぶき屋根の

境内の
さくらのやにの
いとぐるま
もんしろちょうの
ひるさがり

ひとり
ひるねからめざめる
からんぽの
家の中

春になる

あたたかくなったら
受精した草花の
しろい花粉が
野山を
染めはじめ
もんしろちょうの
グライダーは
いちにちじゅう
風を
ひきおこし

放射状の
草いきれの
とどけられる
おひさまの朝に

ひとびとへのこだわりと
沈黙した時間の重さが
くらい　季節のわかれを
躊躇させる

あわい空気

まだくらい
縞の空の下に
束の間の
絶叫の
いつくしんだ季節の別れを
惜しむように

名前のない
生きものたちが
うまれ

うごめき
死んでいく

こんな夜あけ
葬いの儀式は
厳しゅくに選びとられた
時間の果てを
彷徨う

ひとびとの
やすらかな眠りの
途切れにやってくる
肌のぬくみや
といきの
春のあわい空気を

かきみだすころ

去っていった
ひとへ
去っていった
わたしへ

ことばは
うしなわれ
こんなにも
さえぎられた
空の囲いを
もう　登ることはできない

かたくなに

拒みつづけた
太陽のゆたかさが
待ちどおしい

いのり

羊水のなかには
なにがある

　　みごもりのみずうみの朝
　　おまえ
　　幼い生命の残がい

視つめる
風景のなかにある　わたし
わたしたちの祖先

透明な液体を飲み干して
幾余年
あの日
ひかる生命の形を
空に放った

季節のなかでいつくしまれる
言葉や情念や精神や
その深いえにしをたどろうとする時
疼く思いは
置き去りにされたまま
心は
ただ音楽の善意さに
こがれる
やさしくあってほしい

みごもりのみずうみの朝
おまえ
　幼い生命の残がい

唐突に
股間をヒタヒタと打ちつづける
生命の
温みが
わたしを
断ち切る

えにしをつなぎとめる
したたかな
生命の群れ

しずけさ

ほこりっぽい春風が
舞いはじめるころ
空は
幻燈の暗幕を
やさしく
ひきおろし

そんな時
あかい血をながしつづけた
いのちの軽さを

もう
語れない

舗道のおわりの
ほりおこされた
深い土の
れんぎょうの
ふんわり咲くあたり
幼子《おさなご》の
閉じられた愛の
いつくしんだ
何億年の宇宙の時間の
その
ひとときの
しずけさを

葬る

ちいさなたつまきが
海への
ながい行列を
おくりつづける

おやすみ

しろい
あかるさの
しずけさが

古代の都市の
子宮のように
あかく
やわらかな
よあけに

くずれかけた建物の
空の下には
みしらぬ生きものたちの
かわいた愛の
ものがたりが
きょうまで
くりかえされ

とある日
捨てられたいのちの
なづけようのない
いとおしさが

おまえは
おとなのように

歴史を
苦しみ
けれど
歴史の地下水に
流されてしまった――

しろさのなかで
トロトロと
おやすみ

旅

風景は遷《うつ》ったが…
静止した季節の
選びとられた朝の苔に
群がる
名前のない生きものの
束の間の生の享楽を
こきざみに
いつくしんでいるような
しろい石だたみの

放つ
陽ざしに
深い夏

ここから立ち去る
幾年も思いこがれた旅立ちの日
少年は、まばゆさに俯く
背中を抱く空に
少女のやわらかさがある
間もなく生まれはじめる
ひつじ雲の
触れあう
低い音

〈ひとびとが　すれちがうとき

ことばを　なげかける〉

沈黙に自ずと開かれる
視線やうしろ姿に
期待しない
ましてや
とまどいがちな笑みの
あの
くずれゆくもろさを
知ってしまった

オニグモの巣食う
冷ややかな板塀に
風化された感触と
超えがたい裂目を

あわただしく　おりたたむ
他人と共有しあう
あの壮厳な時間は
平和であったのか

いま
古い垂直なみやこを
凌辱しつづける
淫乱な旅人になろう
おり重なる　木立の
さわやかな産道を
くぐりぬける時
記憶は哀しく衰弱し
少年は　胎児に馳せもどる

Ⅱ　はないちもんめ

はないちもんめ

たとえば
〈はないちもんめ〉で
さいごにのこされた少女のために
もう
だれも唄わない

キャンプファイヤーの
炎《もえ》る輪の縁に
ひとり
海を見詰める　おとこ

ダラダラ坂のスクラムの中で
組んだはずの
腕がない

いつかこんな風景を視たことがあった
にびいろの街で
狭い路地には
選挙の立合演説会があったり
さわさわとした風の中に
朝顔市があったりする
ゆかた姿の娘が唄っていたり
遠く
祭りのたいこが届いてくる

〈人間には痛みがある〉

生れた街と
温い
母の羊水につかり
ふところに抱かれた
甘ずっぱい　想い

けれど
群がる蟻の
無垢な想いはどこに置き忘れたのか

ひと　と　ひと　という間
肉の境界と
こころの境界と

決して
とけあうことのない愛とか

視つめる風景
視つめられる風景の
中にある
わたし
バスに酔いながら
停車場の名前は
わすれてしまった

初夏

待ちつづける

木もれ陽の
みのむしの
垂直な部屋のなかは
透ける空のいろ
キラキラと　輝ける
疼く　瞳の奥に
初夏のたまごが
しろい

谷川を歩いて
なだれの音を
とおくに聞く
雪の結晶は
カワラ屋根みたいに
鉄橋をつなぎ
まだ　ちいさい木の芽の

都会の喧噪の
ひとときのこころのときめきに
ひと気のない　公園の
沈んだ風景をわたる

扉のむこうに

おりたたまれた新聞の
はがされたひとひらの文字が

語りつづけるが…

ポロンポロンと
ピアノのように
数日がすぎ去り
かなしみも
いろあせる

戦争のあった日に

8月
地面に下りてゆく
濃い影と
汗のいくつか

あの日
わたしは生きていなかった
と
誰に告げることができようか
産褥室《さんじょくしつ》の窓にある

もえる　炎
陣痛に耐える
母の
おんなの
血と業と
冷えきった性

母にあった哀しみを
わたしに重ね
わたしにあった哀しみは
もう
重ねない

遠く雷鳴に消えた
ひとりの想いの

苛酷さ
と
やさしさ
枯渇した
感動のうずまき
無慈悲な　子どもらの
呼び声

今
閉ざされた　闇の彷徨を
出発しなければならない

修羅（1）

太陽の喧噪が
とかれようとしている
どの窓にも灯がついて
乾いた海辺の凪をよろこぶ
いきものもいる
林立する家並みに
貧しさと豊かさがある

訣《わか》れるには

美しすぎる
空の色があった
抜け出るには
重すぎる
生活があった
背中にむすばれた
夕げの匂いがあった

街角に
もう
仮の修羅は　終った
とぎすまされた声を
聞くこともない
凝血した時間の層を
これ以上　重ねることもない

工事場に　点滅する
裸電球の静けさ
と
ひとり
開かれた脳裡に
占めるものは
何もない

修羅（2）

もう語ることはなにもない

巣に帰る
小鳥の群れ
やせた山々に
灼けすぎた太陽は憩う
静寂さに
疲れすぎた女たち
縞によれる
空気のよどみ

流れない
川のゆくえ

語ったことは正しかったのか
と
問わない
ポロポロと　こぼれおちる言葉を
つなぎあわせるのは
あなただから

明日に繋がれた
不安の貝がらを
置きわすれた夕べ
あなたのうしろ姿を追って
辿りついた街に

動かない
風景を視る

明るすぎる空の下では
生きることができない
地を這う　苔や
水を伝う
なめくじ
乾きすぎた
わたしの生
崩れてゆく
意志のもろさ

しかし
陽だまりに眠る

虫たちもいる
空に向って銃を放つ
はげしい　爆音──

闇

ひとつの儀式の終焉が
つめたい　雨を　ひきおろす
ひとすじの雨のゆくえを
たどろうとする一途な思い
と
さえぎられてしまう
他人への　真摯な　問いに
はがされた生のかけらを
ひとびとが　踏みしめていく

そのあわいに
苛酷な肉体だけは
他人との　かわいた演技をくりかえす

この貧しさのなかで
海に通じる　灰いろの回廊に
レクイエムが
豊かに　みちあふれ
夕凪の海に
わたしの　卒塔婆を
たてている

みしらぬ空

うつろいやすい
あけの明星の
空にのこる
季節のない
恥じらい
途絶えてしまった
硬質な疲れに
安らかなねむりは
おとずれない
ふと

軽やかにたぐりよせる
空の
ひとりの想いを
書きつづった
象形文字の
消えてしまう

——なぜだったのか——

セロファン紙の
オレンジいろの
透かして視た　夕景の
たわむれの愛のゆくえは
モザイクになる
去年《こぞ》の

古い建物の
ヒイラギの
疼く
棘

あなたの視線が捉えた
海辺の風景と
貧しさや豊かさのない
一直線の
こころのとまどいを
もう
描けない

空に
ひとつ描かれた

あかるさ

こうえん

不安の季節が
めぐりめぐって

ちいさな雨の
ひとしずくの
流れゆく様を
虚空に描きだす

うみの
底に沈んだ

幼い日の
つゆくさの
まるい　かなしみ

きょう
友は去り
ひとびとは集い
あけ放された　公園の
空んぽのみのむしに
陽ざしは　しらじらと

石ころの坂道を
むこうみずにのぼりつめる
はかない
生活のたつきが

間もなくくずれてしまいそう

わたし　ひとりの吃音が
ちっぽけな
喜怒哀楽に
名づけようのない
物憂さに
ぽつんと
立ったまま

花どけいは
厳しゅくな時刻を
地面に
濃く
描き出す

神話（うまれる）

艶やかな幻想を放出する
季節の間隙に
わたくしの〈生〉があり
委縮した権力の
埋葬された肥沃な土地に
ひとびとの〈死〉がある

金属の老いる
錆のにおいを吸いながら
一日ごとに硬質になる肉体が

少ない闇の時間に
ひとびとの苛酷な郷愁を林立させ
けだものたちの生温いしとねに
父と母の　哀しい夜を重ね
数えきれない記憶のひとつに
わたくしの〈生〉があった

とざされた乳房の
慈しんだ朝の　まばゆさの中で
わたくしの日々は
豊饒さに　こがれながら
血縁の意志の裡を
恥じらいながら　あゆみはじめたが…

世代を耕しつづける

実らない稲作の
山を段々に切り開く　いも畑の
掌を抱く　きみどりいろの葉に
おてんきあめは　打ちつづけ
幼い心にふるえる　あの日暮れは
不毛のまま
間もなく閉じられようとしている

汚れた怒りを　汚れたままに晒す
あの
けだものたちの　無垢な交尾が
とおく　吠えつづける夜更けに
ひとり　めざめている
野良をはらむ風の
野良を這う新月の

母の子宮を侵蝕する胎児の
生れいずる苦悩を造型する
裸電球の産褥室《さんじょくしつ》を
美しいとも
哀しいとも
いやしいとも——ことばを失くした

枯渇した感情の疼きが
わたくしの歳月を凌辱するとき
あらがいがたい〈生〉が
狂気をよそおって
季節を責めつづける

Ⅲ　心平の声

とむらう

いろのない山の生活に
今朝ばかりは揺れる
あか・むらさき・だいだい・きみどり・しろ
の澄んだ艶は
闇に孕んだ　ひとびとのやさしさだったのか
「そうしきだあ　そうしきだあ」
馳せ去る子どもらの　無垢《むく》な声
歓喜は　カラスの鳴き声に　調和し
枯れたケヤキは　立ちつくしたまま
濃い年輪を　土に刻む

こうやって
〈おばあさま〉の　とむらいの儀式が
サラサラと　竹を漏る
銭貨《ぜに》のひかり　と
しかばねを追う
子どもらの　ほこりっぽい足どりに
浅い川を　よぎる

光を失った老人たちのしろい眼は
視えない　安堵と羨望を
咀嚼《そしゃく》した　汚れを
固った腰骨あたりに
しずかに　のみ下す
濡れた　合掌

二重にも　三重にも　折りたたまれた
骨のつつましさは
今
立棺を愛《いと》しくたたきつづける
骨で語りつづける
終ってしまった　時間の深みを

途絶えた　闇の猶予に
　「まだ　こ　はいらぬか」
と
豊かでなかった　八十余年の
おんなを生きつづけた
去勢としての生殖に
深く刻まれた　腹を　おさえる
証しとしての　子宮は

少女のように
うすくれないに　開かれたまま
野良を　さまよう
あれは　とおい　おとうか*の　いななき

ああ
もう死んでゆくのですね
その時に
孫を受胎し
曾孫《ひまご》を受胎し
何億年を連ねる　白い粒子は
うっすらと　山をふちどり

たったひとつの受胎の朝を
こころよく　たどりながら

血縁の　哀しみに　酔いしれる

遠く　空の果てるところに　雲が生れる
リヤカーが軋む
深く　泥を　くしけずる
暗い疲労が　やわらかい穴に　むかう
かたわらに
乾いた　地球の唄
油のように　張りつめた　秋の日は
死を美しく実らせた　豊饒な自然を
ようやく　閉じはじめる

そして
絵のような風景の中では
うとましい　労働歌の　かすれた喧噪が

都会のリリシズムを　奏でながら
汽車に　のる

歴史は
〈おばあさま〉の死のうちに
かすかに　息づくこともなく
紅いろの　口もとに
婚礼の日の彩を
つつましく　織りつづける

＊稲荷神社のきつねのこと

うみ（散る骨）

六月の海はひかりあふれて
舟は目的の位置まで
バッハの無伴奏チェロを奏でながら
たしかに進む

「ホラ　そば粉みたいでしょ」　と
サラサラと掌からこぼれる男の骨を
友は鬼子母神の相でなめつくし
私は何故か一握の砂を諳《そら》んじていた
あさぎ色の和紙に折りたたまれた骨

形あるいのちの最後の夜

海に働いて三十八年
音楽を愛し
文学を愛し
熱く語ることもなく
ベ平連の隊列にだまって連なり
病も静かにうけ入れ
いのちは海に還ることが
とても自然だった

円垂状の波がうずまくあたり
散る骨はしばし波とたわむれ
やがていのちの形は
透明になり

平らかな海になる

共に隊列を組んだ仲間は
男がこよなく愛した
ベートーベンの〈歓喜のうた〉の調べに
想いをのせて詩《うた》う

いのちの安らう海は
ようやく群青色に暮れかける

うみ（心平の声）

いつの頃からか灯の消えた燈台
ふもとの故い宿
歴程夏のセミナーの最後の夜
食堂の向うは
なまり色の海と空が重なり
老いも若きも詩人の顔で
草野心平　宗左近　石垣りん　安西均
山本太郎　吉原幸子…の姿もあった

「あめゆじゆとてちてけんじや…」

賢治の〈永訣の朝〉を朗読する心平
「一行の詩のために死ねるか」
「私が死んだら恋人も死ぬ」

他人を質しながらやっと保っている
矜持をもてあまし
だれもが饒舌で
言葉はかるく
かるく砂を這って
真昼の白い海に容赦なくのみ込まれる
海はたおやかに　陽気に
沈黙したまま

貧しく　かわいていた　七十年代

「あめゆじゆとてちてけんじや」
心平の声は
遠くの海なりのようにくり返し届く

あの男の背中は小さくふるえ
だれもがその声に心を浸し
泣いているようだった

〈心平の死〉の小さな記事を
朝刊で見つけたのは　それから間もなく

今　時代は老いて　もっとあれ果て
海は文明の汚れを堆積しながら
人々の幾度のいのりにも応えようと

あがいている

母のうた

週末ごとに会う母の
その日が近づいているのを知ったのは
小春日和の午後
障子に射し込む陽ざしの束が
母の枕元まで届き
小さな雲のかげりにも
ふと　まぶたを開き
遠くを視つめる
そんなうすい眠りをくり返すことが多くなった

「死ぬまで生きなければ」　と
口ぐせのように言ってた母も
小さな田舎町の知人の名前を
何度も順番に並べ
「だれもいなくなった
私ひとりだけなが生きしすぎた」　と
小さく笑う

ろう梅の咲き始めた寺の境内
小さな砂ぼこりが舞う初もうでの日
いつになく永い合掌の
固く閉じられた手の白さが気がかりだった

翌朝
あわい光がようやく射し込むころ

何も告げずに
ひっそりと遠くの空へ去っていった
ひとりだけの
その刻《とき》だったか

母から手渡された
〈死ぬまで生きとおす〉という意志の
とてつもない重さに
私は打ちのめされそうになっている

緩《ゆる》らかに

娘のような同僚に
　「どうしても前に進めない時は
　　立ち止まって　根を下ろして
　いつか　力の出せる時のために」
私自身に言い聞かせるように言ってきた

病院の広すぎる個室や
だれもいない
真冬のグランドで
陽のあたるスクランブル交差点では

背中をそっと押して

今　立ち止まると倒れてしまいそうな私
根元には不安や焦りや虚しさの音が
歳月を重ねると言う現実は　哀しい
　「動いている時だけ痛みを忘れる」と病む友は言い
　「自分が走って風をおこしているのよ」と闇を抱えた友
深い傷は時を止めたまま

9・11から遠くの空の下でくり返される
悲惨なテロ
地球の軸が捻れたまま
いく時代もすぎ
重く閉塞した社会は
人々の怒りや怨念が出口を求めて

ある日破壊的な威力で地球をおびやかすという事実

ゆるらかに平らかに回転することが
平和の証しなのかもしれない
生きとし生けるものも
ゆるらかに生命を紡いで

ふと立ち止って
悠久の歴史に思いを馳せると
今は次の曉《あけぼの》への
過渡期かもしれない
というかすかな希望に

青春の挫折も
老いの切なさも

限りあるいのちの通過点かもしれない
といういとおしさに

まっすぐ心を寄せていたい

谷川岳

まだうす暗い夜あけ前に眼ざめると
いつか登ったことのある山の稜線を
心の中で描いている
　谷川岳　鹿島槍　穂高連峰　白馬岳
　広い尾瀬ヶ原の前と後に至仏岳と燧《ひうち》ヶ岳
夢うつつの稜線は
いつも静かに対峙する美しい双耳峰　連なる峰々
最後の力をふりしぼって登頂したトマノ耳
その先に見えるオキノ耳は魔の山

そこにあるのはとてつもなく遠く　険しく　鋭く
人を拒む恐怖感で何度も断念してきたことか
ある日勇気をだして恐る恐る登頂したオキノ耳
ふり返れば　トマノ耳も全く同じ魔の山

不思議な達成感と安堵感
一歩踏み出すまでの不安と諦念と羨望と
自嘲しながら思わず仰いだ空の高み

悠々と空に向う双つの峰に
あけ方の少しメランコリーな老いの心には
ひたすら祈りにもにた　あこがれがある
屹立する山々よ

ジャズ

バス道路を見下ろす大きな窓の
喫茶店にふと立ち寄りたくなる
ビルの向うには広い空が開け
昨日より少し蒼い空の色に気づいたり
白い飛行機雲をゆっくり追っていると
気持ちもゆっくり動き出す

眼下には古い魚屋が道路まで品物を拡げ
腰を折った老人はかいがいしく
肩かけカバンの高校生の愉快なおしゃべりまでが

届いてきそうで
思わず心の中であいづちを打ったりする
なつかしい生命のにぎわい

人の毎日は　心と体が慰めあったり
ひしめき合ったり　くずれかけたり

ましてや　人と人のあいだなら　なおさら
激しい心のまま止まってしまわないこと
時は小刻みに　確かに　うつろい
セピア色の町はやがて夕やけに酔い始む
ジャズのトランペットの音はクレッシェンド

うみ（こがれる）

死ぬときは　まひる

空と海の
あおさが　とけあい

生と死の
時が赦しあい

しろくなった舟は
陸《おか》に　やすらう

軽くなった
生命《とわ》は
永久に　やすらう

Ⅳ　短歌抄『冬田』１９９６〜２００２

童《わらべ》となりし父の笑顔に送られて帰る家路の冬田眠れり

介護終え長き列車にひとり乗る車窓の星のそれぞれの光

老母《おいはは》をおだやかに看《み》し夕べえごの白花散るを見ている

娘の名など忘れてもよし陽だまりに父の笑顔と白いコスモス

リハビリの母の背中を少しずつ小春日和の離れていく音

老母《おいはは》と遠き日語り帰る夜はスバル追いつつふるさとのうた

公園のベンチに寛ぐ父と母　間にさくらもみじが舞い落ちる

木もれ陽がふるから好きと母の言う花みずきの道を歩けり

咲き始むあの花《はな》みずきまで歩こうよリハビリの母と夕暮れの道

介護終えゆったりとする海ながめ生命のここに還ると思う

静かなる光りの時も限りあり老いたる父と別れる夕べ

菜の花を菜の花色に茹であげて子離れしようときっぱり決める

初春の篝火《かがり》あつく合掌の指にひとすじ命ながるる

春寒のうすい光を抱きながら子の去った朝サンシュユの咲く

わびすけのうす紅埋れし福豆を拾う私の鬼は消えゐぬ

うすずみの空より風花舞い始む父母の住む地は雪が降るらし

語らない一日の暮れてほうしゼミ産声に似て父母恋し

黙すほどあなたの心透けて見えわたしも一層ひとでになろう

新涼の水すきとおり吾の悩み癒えずもしかと愛せよ

〈女性は太陽であった〉雷鳥の言霊哀し妻にも母にも倦いたそのとき

ごいさぎが渡ってきたよと教えられ春まで私も生きてみようか

絶え絶えのオルゴールの音はレット・イット・ビー冥《くら》き歴史を視つめいるごと

さくら咲く下をば鬱なる心もて仮面をつけて通り抜けたし

今日梅雨入《つい》り人のまばらな街抜けて私はひとり海を見に行く

落葉舞う上野の森に菊を売る老婆は彫刻となりて静けし

休日の大道芸人の声かれて斜陽の公園人垣割れたり

埋もれし言魂多きこの冬の音を聴きつつ落葉踏みゆく

あとがき

五人だけの同人誌をやっていた頃、黒田喜夫さんとお会いする貴重な機会があった。稚拙な小冊子にいつもおハガキをくださった。〈こころざしを持って書き続けて下さい〉という結びの言葉を胸に秘めてきた。

〈ジャコメッティの彫刻に星〉二十代で初めてお会いした私は感動し思わずひとりごち。真すぐで光る眼差しは強い激しい意志を感じた。

言葉にしたものはその時々の私自身の生きた証し。

青春の詩はいつも迫きたてられるように言葉は投げたまま。賢治の〈こわれたてっぽうだま〉のよう。

介護の日々は仕事の悩みと重なり出口のない焦燥感、二時間余りの帰京列車は、短歌の言葉をあれこれ考え癒しの時でもあったか。鈍行列車に乗って日付けが変ったことも。

残照の時、〈こころざし〉はそろそろ置こうかと考えつつ余白を埋めるものもなく、未来の視えない危いこの時代に抗して、せめて心の中だけは自由に言葉を思索したい。自然を傷つけないゆるい歩みで。

ふり返ることが多くなったこの頃、少し前を向かせて下さった『平和をとわに心に刻む三〇五人詩集』(コールサック社刊)への詩の掲載、そして今回の出版との縁が続いた。

背中を押してくださったコールサック社代表で栞解説文を書いてくださった鈴木比佐雄氏、装幀の杉山静香氏、制作をしてくださったスタッフの皆様に心より感謝致します。

二〇一六年三月　かいぼりを終えた井の頭公園にて

水すみてさくらの花のふたつみつ

ひおきとしこ

ひおきとしこ　略歴

本名　日置敏子
1947年　群馬県前橋市生まれ
1969年　福祉職として東京都に採用　主に心身障害児の教育・療育・訓練施設で、指導員・施設長として勤務
2007年　定年退職
現在　地域のNPOで、子育て支援や介護予防事業（相談、うたごえ喫茶・コーラス）に携わる

著書
1970年春『詩抄　やさしく　うたえないⅠ』（私家版）
1974年秋『詩抄　やさしく　うたえないⅡ』（私家版）
1980年春『詩抄　やさしく　うたえないⅢ』（私家版）
2016年春『詩抄　やさしく　うたえない』（コールサック社）

住所　〒181-0001 東京都三鷹市井の頭4-24-3

石炭袋

ひおきとしこ詩抄『やさしく　うたえない』

2016年4月27日初版発行
著者　ひおきとしこ
編集・発行者　鈴木比佐雄

発行所　株式会社 コールサック社
〒173-0004　東京都板橋区板橋2-63-4-209
電話 03-5944-3258　FAX 03-5944-3238
suzuki@coal-sack.com　http://www.coal-sack.com
郵便振替　00180-4-741802
印刷管理　（株）コールサック社　製作部

---

*装丁　杉山静香

落丁本・乱丁本はお取り替えいたします。
ISBN978-4-86435-250-5　C1092　￥1500E